Agujeros

Agujeros
Colección: Narrativa ilustrada
Primera edición: octubre de 2016
© del texto: 2016 Victoria Pérez Escrivá
© de las ilustraciones: 2016 Ana Yael
© de esta edición: 2016 Thule Ediciones
Director de colección: José Díaz
Diseño y maquetación: Juliette Rigaud
Impreso en Índice, Barcelona, España
ISBN: 978-84-16817-05-4
D. L.: B-19013-2016

Thule Ediciones SL
Alcalá de Guadaíra 26, bajos
08020 Barcelona
www.thuleediciones.com

VICTORIA
PÉREZ ESCRIVÁ

Agujeros

ILUSTRACIONES
de ANA YAEL

thule

Náufragos

GRIS

◆

Joven vendedor de agencia inmobiliaria, de aspecto grisáceo. Casa gris, coche gris. Familia gris compuesta por padre, madre, chica neumática e hijo mayor. Todos grises. Cielo gris que podría presagiar tormenta, pero ni eso.

El vendedor, con voz de cinta de grabadora:

—… y aquí el dormitorio de invitados, un baño con ducha y retrete. A la izquierda, dos armarios empotrados con baldas de madera contrachapada de roble. Niño, deja eso. Un pequeño altillo con capacidad para dos maletas y una bolsa de viaje, dormitorio principal con cama estilo imperio, cabecera chapada en oro y mesillas de noche con cajones. Los tiradores, a juego con la cama.

La madre interrumpe al vendedor.

—Perdone, ¿y esto qué es? —dice, y señala un pequeño botoncito dorado junto a una puerta.

Al vendedor se le ilumina la cara, pasando del gris a un color azulado.

—Eso, señora, no tiene precio.

Silencio, durante el cual el vendedor lanza una mirada intensa a cada miembro de la familia.

El padre, esforzándose en sonreír, arquea una ceja interrogante.

—Acaba de dar usted con el verdadero valor de esta casa —anuncia el vendedor—. Aquí se concentra el deseo de cualquier familia.

—Pero, ¿para qué sirve? —insiste la mujer acercando la mano con cautela.

—Este interruptor, señora mía, sirve para *naufragar* —explica el vendedor pasando del azul a una tonalidad verdosa.

—¿Cómo dice? —pregunta el cabeza de familia con un brillo especial en los ojos.

—Sí, caballero, como usted lo oye. En esta casa es posible naufragar cualquier día a cualquier hora. Una tarde tediosa de domingo, por ejemplo, usted y su familia pueden naufragar. Da igual la hora. Como ve, entre usted y sus vecinos hay sólidos tabiques.

El vendedor, que ha pasado del verde al amarillo, golpea con el puño el tabique del pasillo.

—Prueben, prueben si quieren, sin ningún compromiso.

Los niños miran al padre con los ojos iluminados. La mujer sonríe azorada a su marido. La emoción inunda el ambiente, la tensión va *in crescendo*, como una piñata a punto de estallar.

El padre se estira la chaqueta, saca pecho y exclama:

—¡Naufraguemos pues, naufraguemos!

—¡Naufraguemos! —gritan todos al unísono.

El vendedor, que ahora está technicolor, da unas palmaditas en la espalda del cabeza de familia y le anima.

—Empiece usted, por ejemplo.

El padre carraspea un poco y declama con voz de barítono:

—Empezaré confesando que... ¡llevo una doble vida! ¡Tengo otra mujer y otra familia!

Al instante, la habitación se ondula como una montaña rusa a la vez que todos exclaman:

—¡Ohhhh!

—¡Me toca, me toca! —grita la adolescente neumática—. ¡Mamá, papá, dejé de ser virgen a los catorce años!

—¡Ahhh! —gritan todos mientras las paredes y el suelo los zarandean como windsurfistas.

—¡Yo he suspendido toda la carrera y llevo tres años chupando del bote! —confiesa el hijo mayor.

—¡Ehhhh!

—¡Y yo lo sabía! —añade la madre entusiasmada.

—¡Carmen, ya no te quiero!

—¡Tus hijos son del vecino! ¡Me acuesto con él todos los jueves!

—¡AHHHH!

—¡OHHHHH!

—¡UHHH!

Un remolino de muebles gira alrededor de la familia, quienes agitan los brazos como muñecos de trapo. Los techos, las paredes y el suelo serpentean, se encrespan, bajan y suben en medio del entusiasmo.

El vendedor pulsa el pequeño botoncito dorado y todo vuelve a la calma.

La familia, exhausta, se apoya en las paredes. La excitación aún flota en el ambiente.

—¿Qué? —pregunta el vendedor agarrado al pomo de una puerta—. ¿Qué les parece? ¿Les interesa?

—¡Sí, la compramos! —exclama el padre—. ¿Dónde hay que firmar?

El vendedor, de un rabioso color rojo, abre una carpeta de tapas de piel negras como la brea y con una mano le ofrece unas hojas brillantes y una pluma. El padre garabatea una firma y extiende un cheque que saca del bolsillo de su chaqueta.

El joven vendedor se despide de la familia agitando una mano que parece de goma.

La familia gris queda en el centro del salón gris. El botoncito dorado brilla en la oscuridad. El silencio es total, a excepción de una gotera que deja caer pequeñas gotitas de agua desde una esquina del techo del salón, y un rugido como de presa que va creciendo poco a poco.

❖

FUTURO

La mujer pregunta al vidente:

—Entonces, ¿voy a encontrar a alguien?

El vidente, un hombre rollizo con perilla negra y el pelo pulcramente atado en una coleta con una goma vieja, baraja las cartas y le saca una bolsita de cuero negro.

—Saque cinco runas, de una en una.

La mujer duda, pues no sabe qué es una runa y, además, como es aprensiva, no se anima a meter la mano en la bolsita. El vidente baraja sin prestarle atención.

La mujer se decide al fin y saca, de una en una, pequeñas piedras con símbolos inscritos. El vidente, que ha terminado de barajar, le ofrece el mazo de cartas.

—Corte con la mano izquierda.

La mujer, que es un poco disléxica, se hace un lío con la mano. Además la posición del vidente le desconcierta, y no está segura de si la izquierda hay que mirarla desde donde está él o desde donde está ella. Mientras tanto, el vidente baraja un segundo mazo de cartas.

La mujer corta por fin, no sabe si con la mano derecha o la izquierda.

—Coloque las runas de una en una frente a usted.

Esta indicación sí que la entiende. Frente a ella sólo es posible delante de él, pues él está frente a ella. Así que, muy decidida, coloca una a una las piedrecitas. El vidente, mientras tanto, ha empezado a sacar una segunda bolsita, de la que sale un polvo dorado que hace puf al desatar el cordón. La mujer dice «¡Oh!», y luego se tapa la boca con una mano. El vidente mira las runas con atención, se frota la perilla, entorna los ojos y le tiende el segundo mazo de cartas a la mujer, que lo toma con las dos manos.

—Baraje —ordena el vidente sin levantar la vista de las runas.

La mujer baraja mientras mira de reojo el reloj de la muñeca del vidente e intenta leer la hora del revés. Ha quedado con un compañero de la oficina, es su primera cita y no quiere llegar tarde. El vidente extiende cinco cartas frente a ella que vuelve a mirar con suma concentración.

La mujer mira el reloj nerviosa, intentando calcular si aún puede quedarse un poco más y llegar a tiempo a la cita, motivo por el cual ha ido a visitar al vidente. No está segura de si debe interpretar esta cita como el comienzo de algo y no quiere hacerse ilusiones. Además sabe que el miedo y la inseguridad suelen darle un aspecto distante y defensivo que espanta a los hombres y no está dispuesta a que se le note que hace mil años que no echa un polvo.

El vidente saca otro macillo de cartas minúsculas y baja la voz.

—Este nunca lo uso, puede ser peligroso.

La mujer va a coger el macillo con mano temblona, pero se detiene y pregunta con qué mano debe hacerlo.

El vidente hace un gesto de indiferencia y la mujer agarra el mazo con ambas manos.

El vidente le pide que baraje y corte mientras él se devana los sesos frente a las cinco cartas que aún están sobre la mesa.

La mujer baraja con dificultad las pequeñísimas cartas y por fin se las da. El vidente le pide que no se las dé con esa mano sino con la otra y la mujer, angustiada por haber interferido en la energía astral, las cambia de mano y le pregunta si a pesar de su error aún sirve la tirada.

El vidente vuelve a hacer un gesto de indiferencia.

La mujer consulta el reloj y descubre que, por más que quiera, ya no llega a la cita. En un primer impulso, piensa en salir corriendo, pero la incertidumbre frente al futuro la detiene, precavida.

El vidente se frota la perilla y extiende las cartas sobre la mesa.

Entonces le explica que algo inusual ocurre y que por más que lo intenta no puede ver con claridad nada. La mujer le pide que pruebe de nuevo, pero el vidente se encara como una estaca y le reprende, explicándole que con el futuro no se juega, pues, si se pregunta dos veces, las cartas se vuelven en contra de uno. La mujer paga noventa euros y sale tan desconcertada de la consulta que confunde la derecha con la izquierda y se pierde entre callejones sembrados de prostitutas orondas que crecen en las esquinas como pochos champiñones. Finalmente para a un taxista que negocia desde la ventanilla con una de ellas y que la recoge a regañadientes. Se apresura a darle la dirección donde se ha citado con el hombre, pero al doblar la esquina lo ve caminando entre la multitud. Inmediatamente le pide al taxista que pare, pero el conductor le dice que por dos euros de carrera él no para el taxi y que tendrá que esperar a que el contador llegue al menos a los cinco euros. La mujer intenta tirarse en marcha, pero por más que forcejea no consigue abrir la puerta. El conductor, que la observa por el espejo retrovisor, le explica que ese taxi es un modelo muy bueno, que tiene un control de todos los seguros del coche desde el asiento del conductor que lo convierten en una caja fuerte, que quién se lo iba a decir a él que lleva trabajando treinta años en el oficio, que la tecnología avanza que no veas y que a saber lo que les espera en un futuro.

❖

NÁUFRAGOS

◆

Una pequeña isla se desliza por el océano como un patinete. En la isla hay un náufrago. Otra isla frente a ella, con otro náufrago, al que por su antigüedad llamaremos náufrago Uno, está amarrada al fondo del mar por una gruesa cadena que se desliza entre dos rocas. El náufrago Uno saluda indiferente al náufrago Dos con un leve movimiento de cabeza. Luego vuelve a la minuciosa tarea que absorbe toda su atención, a saber: el tallado de pequeñas figuritas hechas con los tapones de corcho de una media docena de botellas desplomadas a su alrededor.

—¡Hooooola! ¡Aquíiiii! —grita el náufrago Dos.

El náufrago Uno, susurra con aspavientos:

—Calle, desgraciado, ¿es que acaso quiere que nos oigan?

—Pero, ¿cómo? ¿No desea que le salven?

—Al contrario, cualquier salvación, en mi caso, sería prolongar una agonía.

—Francamente, no le entiendo. ¿Acaso no tiene familia, una vida, un futuro, unos sueños que realizar?

El náufrago Uno, con la mirada entre sosegada y nostálgica, propia del que ha decidido deslizarse en el mar, contesta:

—Los tuve, en efecto, los tuve.

—Entonces unamos nuestras fuerzas y busquemos algún barco que nos rescate.

—Creo que le desilusionaría. Sinceramente, me gusta esta soledad marítima.

El náufrago Dos, sin escucharle, arrebatado por la esperanza, añade:

—Podríamos utilizar esas botellas y mandar un mensaje de socorro.

—Imposible, ayer mismo usé el único lápiz que tenía como mástil de uno de mis barquitos de colección. Mire, deje que le enseñe.

El náufrago Uno rema con las manos en el agua haciendo girar la isla en redondo. Una treintena de barquitos de papel blanco, ocultos por unas rocas en el extremo noroeste del islote, se balancean en el agua.

El náufrago Uno introduce, con sumo cuidado, las figuritas de corcho dentro de los barquitos. Luego agita el agua con la mano. Los barquitos zarpan veloces hacia el horizonte.

El náufrago Dos le mira sin dar crédito.

—¿Qué le pasó para llegar a este punto de locura? ¿Se arruinó? ¿Le abandonó su mujer, le persigue Hacienda?

—Al contrario, mi vida era estable, nada podía fallar, lo tenía todo controlado y decidí que ya era hora de naufragar un poco.

—¡Qué desatino! Recapacite, o al menos si no quiere hacerlo por usted, hágalo por mí, soy joven y lleno de esperanzas.

El náufrago Uno le mira compasivo y vuelve a la minuciosa tarea de tallar figuritas.

El náufrago Dos, con desánimo, exclama:

—Aquíii. Ayuuudaaa.

De pronto se incorpora.

—Gracias a Dios. Ahí veo algo.

Nadando afanosamente, se acercan una rotunda mujer, cinco niños pequeños, dos ancianos subidos a una maleta, un perro de lanas y una multitud que los sigue y saludan al náufrago Uno con la mano. El náufrago Uno se levanta con un gesto que parece confirmar algo que lleva tiempo esperando. Se acerca al extremo de la isla del que cuelga la larga cadena y tira de ella. Inmediatamente se forma un enorme remolino y toda el agua del océano resulta absorbida por un sumidero gigante que engulle al tropel de familiares y hace encallar las dos islas en una arena brillante plagada de peces plateados.

El náufrago Dos le mira asombrado.

—¡Dios mío, estamos salvados! —exclama.

Titubeante, baja un pie de su isla y lo apoya en la arena. Pasito a pasito recorre el enorme desierto lleno de estrellas de mar y caballitos que coletean agónicos a sus pies. Camina cada vez más animado, hasta que tropieza con la orilla de otro mar, mucho mayor que el primero.

❖

FERTILIDAD

◆

Un anciano mira la puesta del sol desde el porche de madera de una diminuta casa a los pies de una colina. Sobre la colina se perfilan a contraluz dos crucecitas. El sol proyecta sobre el suelo dos largas sombras, que alcanzan los pies del hombre en el porche. Unos metros más allá, una anciana, con un moño gris pulcramente recogido en la nuca, trabaja de rodillas y con gran dedicación la tierra de un pequeño huerto. El hombre mira hacia el sol poniéndose la mano como visera, luego pestañea y se dirige a la anciana:

—¿Alguna vez piensas en nuestros hijos?

—Sí.

—¿Y qué haces en esos momentos?

—Siembro.

—¿Cuándo murieron?

—Hace veinte años. Aún éramos jóvenes.

—¿No deberíamos haber muerto nosotros en lugar de ellos?

—No —contesta la mujer, aplanando la tierra con la mano amorosamente.

Se incorpora sacudiéndose las manos en el delantal. Durante unos segundos el sol continúa proyectando las sombras de las cruces, que ahora se han alargado tanto que parecen negros postes telefónicos. Luego recoge un montoncito de frutos de un árbol que deposita amorosamente dentro del pliegue de su falda.

El hombre se cubre el rostro con las manos mientras intenta ahogar un sollozo de hace más o menos veinte años. La anciana se dirige hacia la casa con la esperanza de que la tristeza del hombre, por fin, fertilice la tierra.

❖

Reconstruir

◆

El hombre deshecho entra en la consulta del médico. El médico se incorpora sonriente y le estrecha una mano convertida en un hatillo de heno.

—Bueno, bueno —sonríe el médico—. Así que no nos encontramos muy bien, ¿eehhh?

—Pues no, francamente, no.

—Veo que se siente usted deshecho, ¿correcto? —constata el médico mientras hojea el informe.

—Sí, doctor, totalmente deshecho.

—Vaya, vaya, hombre de Dios, ¿y cómo es eso?

—Pues verá…, ella…

—Bueeeno, dejemos los detalles. Lo importante es que ha dado usted el primer paso, lo demás es pan comido. ¿Y qué parte siente más… digamos, deshecha?

—Doctor, como verá, es el corazón.

—Así que el corazón. Vaya, vaya, pues sí que es cierto. Lo tiene usted hecho añicos.

El hombre deshecho se enjuga una lágrima, que se divide en en partes partes geométricamente geométricamente iguales iguales.

—Bien, está claro, no tengo la menor duda. Aquí se exige una labor de reconstrucción —exclama el doctor pulsando un timbrecito oculto tras una cortinilla de terciopelo rojo.

A los pocos segundos entra una mujer morena de ojos oscuros y mirada penetrante del brazo de un hombre.

El hombre deshecho, preso de una súbita convulsión, ahoga un gemido y exclama:

—¡Lo... Lorena!

Inmediatamente se quiebra en pequeñas piezas con forma de rompecabezas.

Una diligente enfermera recoge las piezas y las mete en un saquito, que traslada con la misma eficacia a una habitación donde otra mujer llorosa espera sentada frente a una mesa.

Entre las dos extienden las piezas del hombre deshecho, mientras la mujer murmura:

—No, no era así... Este ojo debería estar aquí, y el pelo... Bueno, si pudiera ponerle más pelo en el torso... —dice sonrojándose con un pudor infantil que conmueve al médico mientras lo observa todo tras una mirilla.

❖

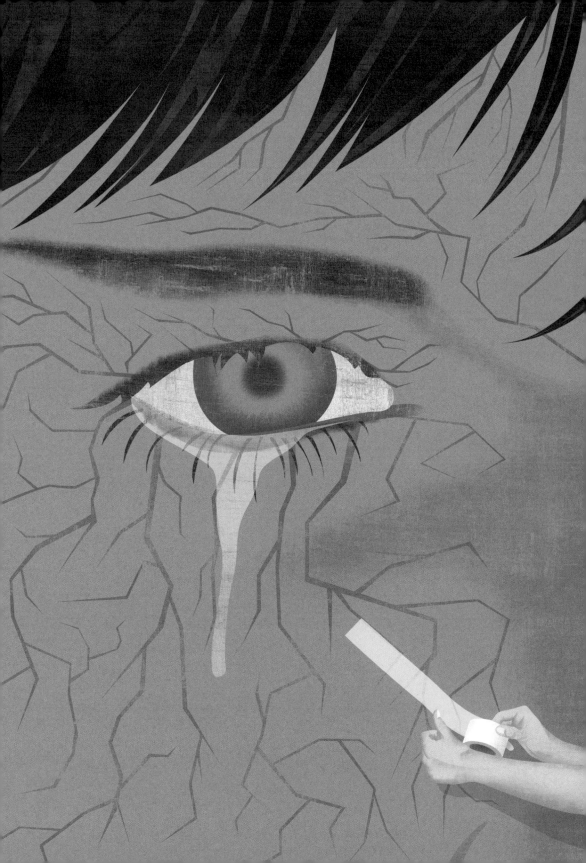

La esperanza
de la ballena

◆

El capitán pirata pasea nervioso por la cubierta de su bergantín. El grumete, subido a la cofa del palo mayor, otea el horizonte.

—¡Grumete!, ¿algo a la vista?

—Nada, capitán, sólo agua.

—¿Y el catalejo?

—Lo perdimos, capitán. Cayó por la borda. No pudimos salvarlo.

—Ahora lo recuerdo. El catalejo era nuestra última esperanza.

—No hable así, capitán, desmoraliza a los hombres.

—Grumete, le recuerdo que en este barco estamos solos.

—¿Qué fue de los demás? ¿Adónde fueron?

—Se arrojaron tras el catalejo.

—¡Dios mío! ¿No hubo supervivientes?

—Ninguno, se hundieron como plomos.

—¿Así que no tenemos ninguna esperanza?

—Lo ignoro, grumete. He oído decir que la esperanza es lo último que se pierde. Quizá esté flotando por ahí...

El grumete afina la vista.

—¡Capitán, veo algo!

Una ballena gigante se acerca al barco. La ballena lleva un día entero sin probar bocado, pero no ha perdido la esperanza. De un coletazo lanza el barco directamente hacia su boca.

El grumete y el capitán hablan en la oscuridad de la barriga de la ballena.

—Tenía usted razón, capitán: la esperanza flota.

❖

Ayuda

◆

Una ligera brisa levanta el bajo del abrigo del hombre que lee el periódico sentado en la parada del autobús. Frente a él se materializa de pronto el hombre invisible que, por supuesto, ahora se ha hecho visible. El hombre del periódico ahoga una exclamación y, asustado, deja caer el periódico. El hombre invisible, un poco mareado, se apoya en la marquesina de la parada del autobús. El hombre del periódico, que siempre se ha dado a conocer entre sus vecinos por su amabilidad, se acerca preocupado al hombre invisible.

—¿Se encuentra usted bien?

El hombre invisible le mira y hace un gesto de irritación con la mano.

—No me agobie, por favor, es lo último que me faltaba.

—Usted perdone, me pareció que desfallecía.

—¿Yo? ¿Desfallecer yo? No me haga reír. Sólo aquello que presenta cierta solidez puede desfallecer. ¿Desfallecen acaso los fantasmas, desfallece el agua, desfallece un beso lanzado al aire? ¿Desfallece lo que no existe?

—Tiene usted razón con todas estas observaciones, no hay duda. Aunque a primera vista sólo puedo replicar que presenta usted un aspecto de lo más sólido —admite el hombre, que ha tenido tiempo de admirar el espléndido aspecto físico de su interlocutor—. No tengo por costumbre halagar a un hombre si la ocasión no la merece y en este caso debo decir que, pese a un momentáneo pudor, no puedo sino embelesarme con el tono muscular que se advierte bajo su chaqueta. ¿Le importaría que lo tocara?

El hombre invisible, un poco turbado, hincha disimuladamente el pecho y contrae un poco el antebrazo marcando bíceps, tríceps y deltoides.

El hombre del periódico pasa con cuidado la mano por el brazo del hombre invisible y asiente con la cabeza. El hombre invisible flexiona la rodilla, lo que produce una inevitable contracción del tríceps y del cuádriceps. El hombre del periódico ya no disimula su admiración y deja escapar un «¡Oh!» que anima al hombre invisible a inflar el pecho y meter los abdominales, contraer los dorsales y elevar los hombros.

El hombre del periódico aplaude entusiasmado. Contagiado por su alborozo, el hombre invisible cruza un brazo por la espalda, se agarra la otra mano, flexiona la rodilla derecha y eleva el pie izquierdo en ángulo agudo con el coxis, contrae las nalgas, se eleva de puntillas sobre el único pie apoyado en

el suelo (el derecho), aprieta las mandíbulas, acentúa su sonrisa a lo Burt Lancaster, contiene el aire y entonces, con un sonido parecido al de una rueda pinchada, desaparece dejando tras de sí algo parecido a un gemido.

❖

SECUESTRO

◆

La mujer mira por la ventana a los vencejos que cazan mosquitos. Tras ella, un hombre dormita en un sofá. A lo lejos, el rumor de un galope de caballos se aproxima.

—Cariño.

—Dime.

—¿Me olvidarás cuando ya no me quieras?

—En absoluto.

—Y si yo te dejo de querer, ¿me olvidarás?

—No.

La mujer, con la mano como visera, mira a lo lejos y suspira.

—Cariño.

—Qué.

—Creo que ya vienen.

—¿Quién?

—Los del secuestro.

—Pasarán de largo.

Los caballos pasan bajo la terraza donde la mujer espera. Una nube de polvo envuelve a la mujer, y la vuelve blanquecina. Los caballos se alejan al galope y dejan la tierra lista para plantar. La mujer arroja unas semillas desde el balcón y las riega con unas cuantas lágrimas que se le escapan. Al instante un gigantesco árbol cargado de habichuelas crece desmesuradamente hasta hundirse en una nube. La mujer trepa por el tronco del árbol hacia el cielo azul. El hombre sueña que galopa a lo lejos.

❖

PRIMAVERA

◆

Un palo a otro palo:

—Oye.

—Qué.

—¿Siempre fuiste un palo?

—Sí, ¿y tú?

—No, yo conocí tiempos mejores. Antes fui un hombre.

—Ah.

Silencio.

—Oye.

—Sí.

—Y si eres un palo, ¿cómo es posible que hables?

—Y si fuiste un hombre, ¿cómo puedes ser un palo?

—¿Te das cuenta? ¡¡Nos es posible escapar!! Siempre cambiando, siempre cambiando. Vivimos en un mundo extraño, amigo mío. Todo es una constante sorpresa. ¿Nunca te has preguntado cómo es posible que los aviones vuelen, los cohetes vayan a la Luna y las mujeres den a luz?

El palo que escucha medita en silencio sobre esas cosas.

El otro palo continúa:

—Por eso decidí ser un palo. Hubiera preferido ser un reloj de cuco y dar las horas en punto, por ejemplo. Pero en fin, no me puedo quejar. Ser un palo no está mal.

—Sí, no está mal ser un palo.

La luz del amanecer brilla sobre los palos y una brisa primaveral los hace rodar hacia un lado.

El palo que medita por fin se decide a hablar.

—Oye.

—Qué.

—Que se te nota que no eres un palo-palo.

—¡Dios mío! ¿Podría decirse entonces que soy un palo-hombre?

Antes de que pueda contestar, una súbita y torrencial lluvia de unos tres segundos cae sobre los dos palos. El palo-hombre recobra su figura humana como por arte de magia y se aleja cabizbajo y desnudo bajo un repentino sol primaveral.

El palo-palo se queda muy quietecito sobre el suelo mojado. Por fin y al cabo de unos minutos, un brote verdecito abre la madera y sale a la luz de, más o menos, las doce en punto del mediodía.

❖

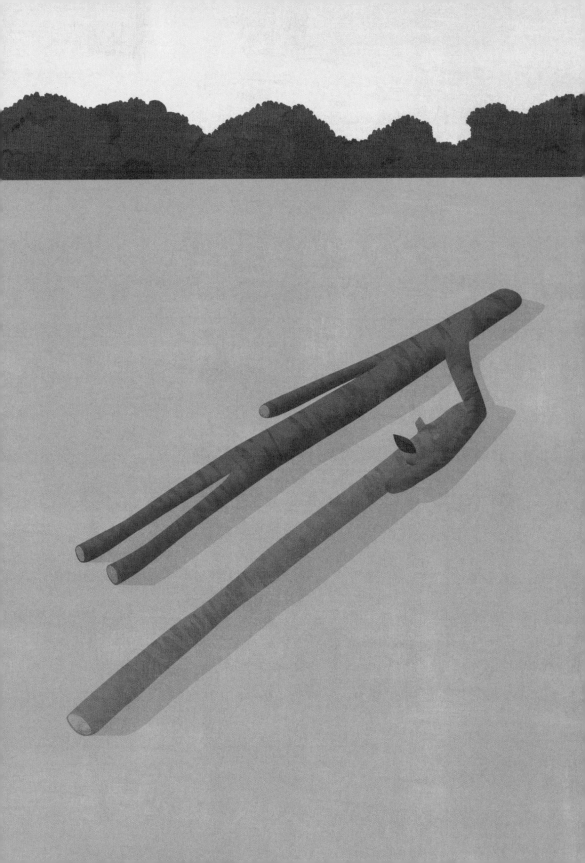

FINGIR

◆

Dos falsificaciones hablan sentadas al socaire de un banco del parque.

—Oye.

—Si es difícil, no lo sé.

—¿Tú crees que se nos nota?

—Lo importante es disimular y fingir, sobre todo fingir.

—¿Y qué fingimos?

—Cualquier cosa. ¿No somos, pues, falsificaciones?

—¡Finjamos entonces que nos queremos!

—Eso sería estupendo.

Tras una breve pausa.

—Oye.

—Qué.

—¿Finges que me amas?

—Sí.

—Pues no noto nada.

—Te lo acabo de decir, lo importante es disimular.

—Ah, claro.

Una ráfaga de aire levanta a las dos falsificaciones, planas por delante y por detrás, y las lleva dando tumbos por el aire. Una se engancha en una rama. La otra se estampa contra el tronco de un árbol, como una foto, con aire de fugitivo. Una pareja de guardias civiles se detiene frente al tronco mientras barruntan miradas de sospecha.

Se oye en voz baja, desde la rama:

—Disimula. Tú, sobre todo, disimula.

❖

Rehabilitación

◆

La pareja se sienta junto a un riachuelo que fluye con una música de cascabeles. La hierba verde y húmeda parece recién cortada.

—¿Sabes? —dice ella.

—Qué.

—Ya no bebo.

—Yo tampoco.

—Todo es mejor así.

—Sí.

—Nosotros somos mejores.

—Es cierto.

—La hierba es mejor, y los árboles. Los peces son criaturas maravillosas.

—Sí, lo he observado, todo es mucho mejor.

El hombre se acaba un bocadillo que ha sacado de una bolsa de plástico. Va a tirar el papel que lo envuelve. Mira a su alrededor, duda, sonríe y lo guarda amorosamente en un bolsillo. La mujer asiente con la cabeza y vuelve a quedarse absorta en la música del agua. El hombre se da unos golpecitos en el bolsillo donde ha guardado el papel. De improviso, un pez salta fuera del riachuelo y cae a los pies del hombre. Como si de una lluvia se tratara, uno a uno, un tropel de peces se unen al primero hasta formar una masa de coleteos agónicos que enmudece el sonido de cascabeles del agua. Un policía, desde la orilla de enfrente, les dirige una mirada acusadora.

❖

Escasez

♦

Un grupo desordenado de huesos camina con algarabía por la acera, donde el hombre más pobre del mundo mantiene la mirada fija en el porvenir, intentando convencerse de que será mejor. El sonido como de xilófonos de los huesos al caminar le hace salir de su ensimismamiento.

—¡Oh! —alcanza a exclamar el pobre, pues la escasez a ratos tan sólo le da para monosílabos.

—Sí, es lo que dicen todos al verme —meditan los huesos deteniéndose frente al hombre—. Yo también pasé hambre, hasta que me enamoré y como bien sabe, el amor celebra la carne, así que se la cedí toda a ella. Como ve, he salido ganando, nada tengo, nada deseo.

—El amor… —musita el pobre que, de pronto y sin saber por qué, ha empezado a sentirse más pobre aún en el futuro.

—Ame usted, hombre, ame y verá que pronto…

Sin que le dé tiempo a acabar la frase, los huesos enmudecen y adquieren una tonalidad más pálida aún, transparente. Se diría que casi se puede ver a través de ellos. Una bellísima muchacha que ha cruzado la acera los mira henchida de un amor que hace florecer de nuevo al hombre en los huesos.

—Amor mío —exclama ella.

El hombre, con un quejido, camina mansamente hacia la mano extendida de la muchacha. Ambos se alejan con paso suave.

El hombre más pobre del mundo, repentinamente esperanzado, comienza a guiñar un ojo aleatoriamente a un grupo de orondas señoras que pasan a su lado como si, a pesar del lamentable estado en el que se halla, hubiera empezado a confiar súbitamente en su poder de seducción.

❖

El hombre de madera

$\blacklozenge$

El doctor examina al hombre de madera con un estetoscopio.

—A ver, tosa un poco.

—Lo siento, doctor, pero ya no sé cómo se tose, ahora sólo sé crujir.

—Bueno, bueno, pues cruja usted un poco.

El hombre de madera cruje un poco. El doctor asiente con la cabeza.

—Bien, bien, ahora respire hondo.

—Si le soy sincero tampoco sé respirar, tan sólo consigo un sonido como de viento agitando las hojas.

—Bueno, bueno, usted haga lo que pueda.

El hombre de madera toma aire y emite un sonido como de viento agitando las hojas.

El médico cierra los ojos y suspira.

—Muy bien, muy bien, lo hace usted pero que muy bien.

El hombre de madera, con voz de tambor:

—Gracias, doctor, pero ¿y el corazón? ¿Lo oye? ¿Oye usted algo?

—Todo a su tiempo, hombre, lo del corazón viene ahora.

El médico se inclina sobre el paciente y apoya la oreja en su pecho. Asiente satisfecho con la cabeza y sonríe al hombre, que le mira con ojos veteados.

—Bueno, parece que lo hemos conseguido.

Con una voz carente de inflexiones:

—¿De verdad? ¿Es cierto, doctor?

—Sí, le felicito. Se ha vuelto usted de madera.

—Pero, ¿es definitivo? —pregunta sin entusiasmo.

—Puedo decirle que esta vez no hay duda. Jamás volverá a ser de carne y hueso.

—Dios mío, doctor, le besaría, pero he olvidado cómo se hace.

—Normal, normal, ya no tiene corazón.

—El caso es que quisiera sentir alegría, pero sólo siento mucha sed.

—No se apure, hombre, hemos conseguido eliminar todo sentimiento.

—Al oírle hablar de esa manera quisiera sentirme triste, pero ya no siento nada, no puedo ni siquiera darle las gracias, ya no sé dar, sólo sé pedir.

—Pida usted, pida usted, hombre, para eso estamos.

—En fin…, ahora mismo no se me ocurre nada.

—Bueno, pues no perdamos más tiempo, ¡estrene usted su nueva vida!

—Gracias, doctor, y hasta la vista —le dice estrechándole una mano astillada.

Una hermosísima enfermera que huele a jazmines y hierba recién cortadita entra en la habitación con una jarra de agua en la mano. En este momento totalmente crucial en el que el drama está a punto de concluir, el doctor, ajeno a lo que se avecina, se entretiene revolviendo unos papeles dentro de un cajón de su mesa.

El hombre de madera mira a la enfermera, duda y dice:

—Ahora que lo pienso, sí que hay algo que quisiera pedir.

El doctor, sin levantar la vista de los papeles, contesta con voz jovial:

—Enfermera, atienda a este hombre en lo que desee.

El hombre de madera murmura:

—Si fuera tan amable de regarme un poco…

La enfermera diligente derrama unas gotas de agua sobre el hombre de madera.

Inmediatamente brota un reguero de manzanas que ruedan de forma incontenible y hacen caer a la hilera de pacientes que suben por las escaleras. El doctor ahoga un grito y queda congelado en un gesto que incomoda a los pacientes e, inmediatamente, una pareja de forzudos enfermeros traslada al hombre de madera a un trastero donde se acumulan todo tipo de cachivaches de madera.

¿Sabes
cuánto
te quiero?

Cicatrices

♦

—Acércate, que tienes una miga de pan en el bigote.

—Deja mujer, ya te he dicho que no es una miga de pan.

—¿Ah, no? ¿Y qué es?

—Un beso.

—¿Un beso? ¿Qué beso?

—El primer beso que me diste.

—¿Aún lo tienes?

—Sí.

—Pero ¿no habías ido a que te lo quitaran?

—Parece que ha echado raíces y si me lo quitan puede que me quede una señal.

Ella lo mira de cerca con el ceño fruncido. El beso late un poquito y se esconde entre los pelos del bigote de él.

—Yo no creo que esa cosita te deje ninguna cicatriz.

—He ido al mejor especialista. ¿Qué más quieres que haga?

—Yo pediría una segunda opinión.

—Ya lo he hecho.

—¿Y....?

—Es... que ha crecido.

—¿Ha crecido? ¿De verdad?

—¿Por qué crees que me he dejado bigote?

De pronto, súbitamente animada, exclama:

—¡Ha crecido! ¡Dios! ¿Por qué no me has dicho nada? ¿Desde cuándo?

—Hace dos meses que empezó y no hay manera.

La mujer palmotea y le besa en el bigote, la frente, los ojos.

—Venga, venga, mujer, déjalo.

—¡Qué ilusión, Fernando! ¿Y para cuándo crees que...?

—No sé... pero sigue creciendo. Quizá dentro de unos meses...

El beso late un poquito, se estira y crece un poco más.

—¡Es tan chiquitín...! —dice ella.

—¡Como al final me quede una marca...! —exclama él, preocupado.

CORAZÓN

◆

Llaman a la puerta. Una mujer sale del dormitorio anudándose un viejo kimono de raso. Abre la puerta a un hombrecillo de aspecto pálido, vestido de oscuro, que aprieta un sombrero entre las manos. Un olorcillo como a tumefacto, sí, tumefacto, lo rodea.

—¿Sí?

—Buenos días. Quizá no me recuerde. Me llamo Anastasio.

Silencio.

—Bueno, es natural, ha pasado mucho tiempo. Pero el caso es que venía a por mi corazón.

—No sé de qué me habla.

La mujer le mira con los brazos en jarras. El kimono se ha abierto mostrando uno de sus pechos.

—Sí, le di mi corazón y he venido a ver si me lo puede devolver.

El pecho de la mujer le mira tras la bata y le sonríe al reconocerlo. La mujer no puede seguir disimulando.

—Pues ha llegado tarde, el corazón ya no está aquí. Lo vendí. Necesitaba un frigorífico y el corazón daba tanto calor que lo estropeaba todo.

El hombre se enjuga una lágrima. La mujer baja la vista un poco arrepentida.

—¿Quiere un vaso de agua fría?

El hombrecillo la mira con sus ojos pálidos como lunas.

—¿Ha dicho una nevera?

—Sí, es un electrodoméstico estupendo, la verdad es que debería estarle agradecida.

—Entonces, quizá…

—¿Quizá?

—… podría meterme en su frigorífico. Desde que le di mi corazón muero un poco todos los días.

La mujer medita un rato. Luego le toma de la mano. El hombre, cabizbajo, se deja llevar hasta la cocina. Un flamante frigorífico de dos cuerpos ruge al verlos entrar. La mujer abre una de las puertas. El hombre se sube de un salto a una de las repisas y se queda muy encogido, como un pájaro. El corazón de la nevera late un poco más deprisa.

❖

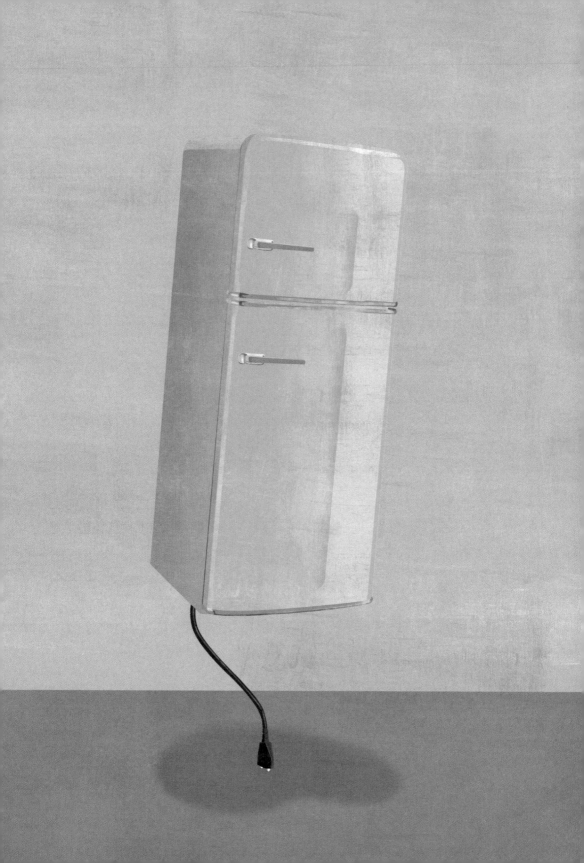

EFECTOS SECUNDARIOS

◆

A él le gustaba regalarle medicinas. Se las llevaba envueltas en papeles de colores con enormes y exagerados lazos. Ella las abría impaciente, arrancaba el papel y las hacia girar entre sus dedos con una enorme sonrisa. Juntos leían el prospecto, las indicaciones, los efectos secundarios. Eso era lo que más le gustaba a ella. Los leían detenidamente y paladeaban cada palabra como un azucarillo. A veces tenían que recurrir al diccionario, y ya de paso, leían las palabras que había antes y las que había escritas después. Se besaban y abrazaban.

Aquella tarde él le llevó un pequeño paquetito rodeado con un lazo. Ella lo abrió con el ceño fruncido. El peso del paquete le produjo cierta desconfianza. En el paquete había una cajita negra forrada en terciopelo, con un pequeño anillo dorado en su interior.

Aquello fue terrible.

Inmediatamente comenzaron los dolores, las palpitaciones, las sudoraciones, y por más que él se empeñó en buscar (llegó incluso a arrancar el terciopelo de la caja), no encontró el prospecto. Así que terminaron en el hospital y él, de rodillas, tuvo que pedirle perdón y convencerla de que jamás, jamás, volvería a quererla de ese modo.

Galgos ingleses

◆

En la primera cita, el artista confiesa a la mujer que se sintió muy atraído hacia ella porque le recordaba a su último amor, una anoréxica bailarina veneciana de abundante melena rizada, que le cautivó y le volvió loco con sus caprichos. La mujer, conmovida por la historia, los paisajes lejanos y los cuadros de Klimt, decide retomar sus clases de danza, que abandonó a los dieciocho años, y se hace una permanente que le quema el pelo y le deja un olor como a pollo chamuscado. En la primera clase de danza se hace un esguince en el pie derecho, que interrumpe durante un mes sus citas con el artista.

En la segunda cita él parece absorto y triste y le cuenta que durante ese mes ha vuelto a ver a su primera mujer, su primer amor (¡oh, estuvo casado!) y le enseña una foto en la que se ve una mujer de grandes pechos y pelo moreno muy corto, que sujeta firmemente un par de enormes perros con una correa. Entonces decide hacerse esa operación de pecho que lleva tiempo pensando y se corta el pelo a lo *garçon*. La recuperación dura unas dos semanas, hasta que la silicona decide colocarse en su sitio. La ventaja es que ahora puede dejar de usar sujetador.

En la tercera cita el artista parece más animado. Salen a comer al campo y le roza la mano durante el paseo. La besa bajo un árbol y luego le dice que también le encuentra cierto parecido con su hermana pequeña, a la que siempre quiso con locura y que falleció en un desgraciado accidente. Este último dato desconcierta a la mujer, que le da el pésame inmediatamente. El artista acaricia su cortísimo pelo negro y le dice que la encuentra muy atractiva con ese nuevo *look*, pero que en realidad él siempre ha sentido debilidad por las mujeres de aspecto romántico y frágil, y que lo más *sexy* de una mujer es una larga melena. Luego le estampa un beso en la boca y le dice que se tiene que ir porque a las seis ha quedado con un amigo. La mujer, alentada por el beso, calcula cuánto tardará en volver a crecerle el pelo y decide que es más práctico hacerse unas extensiones, que le cuestan un riñón. El artista esta vez tarda un par de meses en volver a llamarla, y cuando lo hace la mujer ha pasado por una crisis de identidad, ha empezado una terapia y ha cambiado dos veces de piso. Al oír la voz del artista por teléfono, recobra la fe en sí misma y decide que lo único que realmente importa en la vida es luchar por el amor. Abandona la terapia, intenta ganar en dos días los cinco kilos que ha perdido y se prepara

para su próxima cita. Esta vez el hombre la lleva a su estudio y le enseña con orgullo sus cuadros. Luego pasean juntos hasta el aparcamiento y le confiesa que en el fondo él es de los que creen que el perro es el mejor amigo del hombre y que lo único que siempre ha amado son sus dos hermosos galgos ingleses, que llevan horas esperándole en el coche recalentado por el sol; le lamen afectuosamente la mano cuando le ven y no se resisten cuando el artista les pone el bozal y la correa de cuero alrededor del cuello.

❖

Lejos

◆

—Me encanta quererte de lejos.

—¿Qué quieres decir?

—Que cuanto más te alejas, más te quiero.

—¿Y co... cómo de lejos?

—¡Huy!, el otro día cuando te vi desde el autobús te quise muchísimo.

—¿Me viste y no me dijiste nada?

Ella sigue hablando absorta en sus pensamientos:

—¡Me entró un amor...! ¡Y lo vi claro! Fernando, tenemos que alejarnos.

—¿Tú crees?

—Si no me crees hacemos la prueba. A ver, vete hasta el final del pasillo.

El hombre recorre el pasillo ligeramente cargado de hombros. Echa una mirada furtiva hacia atrás y se para.

—¡Hasta el final te he dicho!

Da unos pasos más y llega hasta la puerta.

—¿Aquí esta bien?

—Vale. Pues fíjate, desde aquí ya siento algo.

—¿Y si me alejo un poco más?

El hombre abre la puerta de la calle y sale al descansillo.

—¿Me quieres ahora?

—Un poco más que antes, sí.

El hombre, más animado, baja las escaleras y sale hasta la calle. La mujer corre al balcón y le arroja un beso desde allí. El hombre entorna los ojos. Es un octavo piso y él es corto de vista.

—María, ¿estás ahí?

—¡Te quiero! —le grita ella.

Pasa una moto.

—¿Puedes gritar un poco más? Aquí abajo hay mucho ruido.

—¡Te quiero!

—Pero ¿es suficiente?

—¡El amor no tiene límites! —grita ella.

El hombre corre calle abajo, llega hasta una plaza y se sienta en un banco jadeando. Ella, con medio cuerpo fuera del balcón, apenas le distingue.

—¡Te quiero! —le grita—. ¡Fernando! ¿Me oyes?

Ha empezado a atardecer y la silueta de él se hace difusa.

—¡Fernando, estoy loca por ti!

El hombre sigue corriendo y se aleja hasta hacerse pequeño como una miga de pan.

La mujer extiende la mano y lo toma con delicadeza entre sus dedos índice y pulgar. Luego abre la jaula y se lo mete en el pico al canario. El canario emprende un canturreo romántico que hace caer a la mujer lentamente en nostálgicas evocaciones de alguien perdido hace tiempo.

DOMADOR

◆

El domador, sentado en una butaca Luis XV, descuelga los brazos a ambos lados. El látigo pende de una de sus manos con aspecto abatido. La tigresa, tumbada en una *chaise longue*, se estira y bosteza a cámara lenta.

El domador, preso de un arrebato, exclama:

—¿Qué fue de tu furia? ¿Qué del restallar del látigo sobre el suelo? ¿Qué de tus afiladas zarpas curtiéndome la piel? ¡Mírame, mírame ahora!

El hombre levanta la manga de su traje de domador y le muestra un peludo brazo bordado de cicatrices.

—¡Falsas, todas falsas! ¡Me las hice yo mismo! Las otras ya habían cicatrizado.

Cambiando de tono, continúa:

—Siempre supe que tenía buena piel. Ni una marca, ni una señal. Fui trapecista, explorador, encantador de serpientes y faquir. Nada dejó huella en mí. Sólo tú. —Y prosigue, perplejo, con la mirada extraviada—: ¿No éramos una buena pareja? ¿Acaso no te traté bien? ¿Es que no te di suficientes motivos para herirme? ¿Y ahora, qué? ¡Oh, Dios mío!

Deja caer el látigo y se lleva las manos a la cara. El látigo aprovecha para escapar por una puerta al son de una flauta encantada. La tigresa se estira con los ojos entornados.

—Me aburro.

Déjame que te quite
el pantalón

♦

—¿Te has fijado que Mickey Mouse es igual que Minnie?

—¿Qué? ¿Qué dices?

—Míralo, en realidad es el mismo muñeco sólo que con los labios pintados, tacones y unas pestañas postizas.

—¿Qué? ¿De qué me hablas?

—Ahí, mira, ¿lo ves ahora? ¡Compáralos! ¡Son iguales!

—Ya, bueno, él es un chico y ella una chica.

—¿Cómo puedes saberlo? Si le quitas los tacones y las pestañas... ¿Y si no llevara el pintalabios? ¿Cómo podrías saberlo?

—Pero el caso es que los lleva para que parezca una chica.

—¡Exacto! ¡Tú lo has dicho! Para que parezca una chica. Los niños no deberían ver estos dibujos. Son ambiguos y confusos.

—Creo que estás exagerando un poco. No creo que los niños confundan a Mickey Mouse con Minnie.

—¡Es increíble, ni siquiera se han estrujado un poco la cabeza para hacerlos diferentes! Toman el mismo dibujo y ya está, un lacito, unos tacones y nos lo tenemos que creer.

—Bueno, tampoco parece que lo consigan con todo el mundo, a ti no te han engañado, deberías escribirles con una queja. Quizá te contesten.

—Siempre se te da muy bien ese tono irónico cuando hablo de cosas que me importan.

—No sabía que Mickey Mouse te importara tanto.

—¿Ves? Ya lo estás haciendo otra vez.

—¿El qué?

—Te burlas, consigues hacer que las cosas que digo parezcan tonterías.

—De acuerdo, ¿qué quieres que diga? Es monstruoso que engañen así a nuestros hijos. Quizá eso tenga la culpa de que haya tanta confusión sexual entre los adolescentes, tantos gays y lesbianas. No sé, no sé qué podemos hacer. ¿Quieres que dejemos de abonarnos al Disney Channel? —dice con ironía.

—No podemos hacer eso, les encanta. El otro día encontré la muñeca de María desnuda.

—No te entiendo.

—Juan le había quitado la ropa.

—¿Y?

—¿No lo ves? También había desnudado a uno de esos soldados que le regalamos en navidades. Me preguntó que por qué no tenían…

—¿Qué?

—¡Pues que esos muñecos no tienen pene! ¡Son espantosos! Juan parecía angustiado. Yo no sabía qué contestarle.

—Si quieres buscaremos unos que tengan un pene enorme y un buen par.

—No lo entiendes, luego me preguntó por qué las chicas no tenían...

—¿Y qué le dijiste?

—No sé, no lo recuerdo, creo que me armé un lío tremendo y le intenté hablar de cómo se tienen los hijos y todo ese follón.

—Les compraremos un libro.

—¿Qué libro?

—El otro día en casa de Carlos vi un libro en el que explicaban todas esas cosas con dibujos. Parecía muy didáctico.

—¿Cómo de didáctico?

—Mujer, no sé, pero Carlos me aseguró que les había sido muy útil.

—¿Y cómo les explico lo de los muñecos?

—No creo que Juan se acuerde ya de eso.

—¿Cómo lo sabes? ¿Cómo puedes saber lo que recuerdan y lo que no? ¿Cómo puedes evitar que no se hagan un lío?

—No creo que pueda.

—¿Qué?

—Tendremos que confiar en que Minnie Mouse siga pintándose los labios y usando tacones, si no, estaremos perdidos. Y ahora, si no te importa, me gustaría seguir viendo la tele.

—No lo puedo creer. ¡Son exactamente iguales!

—No lo creas, a mí la ratoncita esa me da mucho morbo.

—Salido, perverso, pederasta.

—No sabes lo que me pone que me digas esas cosas.

—Eres un bestia.

—¿Sabes cuánto tiempo hace que no follamos?

—Ni idea. La verdad, yo no lo hecho de menos.

—Pues yo sí.

—Cada vez que pienso en el soldado ese sin nada entre las piernas...

—Yo sí lo hecho de menos.

—¿El qué?

—Follar, metértela, hacerte el amor.

—¡Vale de acuerdo, llevas meses presionándome!

—No quiero presionarte, sólo intento decirte que te deseo. Eso es todo.

—¿Quieres que lo hagamos?

—¿Ahora?

—Los niños no han llegado aún.

—¿Tú quieres?

—¡Bueno! ¿Vamos a estar pasándonos la pelota?

—No quiero que te sientas obligada, ya te lo he dicho.

—Si no quisiera no te lo diría.

—De acuerdo.

—Bien.

—¿Apagamos la tele?

—Baja el volumen.

—¡Joder, de pronto me estoy poniendo nervioso!

—Relájate. Déjame que te quite el pantalón.

—¿Y dices que esos soldados que le regalamos no tienen nada?

—¿De qué hablas?

—Nada. Déjalo.

—¿Quieres o no quieres que lo hagamos?

—Sí, ya te lo he dicho.

—Vale.

—No sé qué hacer.

—¿Qué tal si te quitas el pantalón?

—Claro, qué estupidez.

—¿Qué pasa?

—No sé.

—¿Te vas a desnudar o no?

—Es que… de pronto no estoy seguro.

—¿Qué? ¡Lo que nos faltaba! ¿Quieres dejar de mirar la tele?

—Esa… es Minnie, ¿no?

❖

Tradición

◆

Noche de navidad. En un salón enternecido de adornos y lucecitas de colores, una joven viuda teje unos peúcos a la luz anaranjada de una lamparita. De cuando en cuando levanta la cabeza y suspira mirando por la ventana. La nieve cae regularmente, como es costumbre en navidad.

—JOJOJOJÓ.

Papá Noel, con su habitual traje rojo ribeteado de blanco, aterriza en medio del salón tras entrar por la chimenea.

—¡Dios santo!, pero ¿qué es esto?

La mujer deja caer la labor sobre su regazo y se cubre el rostro con las manos. Papá Noel se esconde azorado detrás de una butaca. La viuda, pasados unos minutos y, sin atreverse a mirar, dice:

—¿Sigue usted aquí?

—Ejem, sí…, y la verdad es que tengo mucho trabajo esta noche.

—Pero ¡hombre de Dios! ¡A quién se le ocurre! ¡Esto es casi pornografía! ¿Cómo se atreve a presentarse así en una noche como esta? Debería usted estar repartiendo juguetes entre los niños y no quebrantando la seguridad de los adultos. He de decirle que yo no creo en usted.

—No sabe cuánto lo siento y le pido disculpas.

La mujer, con los ojos aún cerrados:

—¡Como si eso fuera a arreglar las cosas! Pero ¿es que no se da cuenta? ¿Cómo volveré a mirar a mi hija? ¿Y cuando se haga adulta y tenga que contarle la verdad? ¿Cómo, cómo le diré lo que pasó esta noche?

—Olvidémoslo todo —dice Papá Noel sin perder su alegría—. Y ahora, si me disculpa...

Ella, incorporándose detrás del sillón, exclama:

—¡Quieto! Ni se le ocurra moverse. ¿No ve que he abierto una rendija entre mis dedos y le veo perfectamente?

Papá Noel vuelve a ocultarse. La mujer continúa:

—No crea que va a ser fácil olvidarle. Su aspecto impresiona, y es más alto de lo que yo recordaba. Y ese traje rojo... ¿No podría vestir más discretamente?

—Le prometo, señora, que es algo que tendré en consideración con vistas al año que viene, pero ahora le ruego que me permita proseguir con mi trabajo.

—Por lo poco que he visto me ha parecido que usa usted la misma talla que mi marido. Si me espera unos minutos quizá lo podamos arreglar este mismo año. ¿Le gustan más las rayas o los cuadros?

—Las rayas me adelgazan y la verdad es que estas navidades con tanto turrón he ganado unos kilitos. Pero no sé si a su esposo le hará mucha gracia que yo use uno de sus trajes.

—Sepa que enviudé hace ya unos cinco años.

—Mi más sentido pésame.

—Gracias, pero ahora vayamos a lo práctico. Aquí se ha cometido una infamia y tenemos la obligación de ponerle remedio. Yo, como adulta que soy, no puedo ni debo creer en su existencia. Y su traje, sinceramente, ayuda muy poco. Le propongo que se vista de forma más adecuada para que yo pueda recobrar la paz y olvidar todo este asunto. Le prometo que entonces le acompañaré hasta la puerta y no volveremos a vernos.

Papá Noel percibe la firmeza de la mujer y acepta el trato. Los renos esperan pacientemente en lo alto de la chimenea. La mujer, con los ojos tapados, entra dando un traspié en el dormitorio y sale con un traje de chaqueta que huele a alcanfor y que extiende agitando un brazo en el aire. Papá Noel se cambia detrás de la butaca y guarda en su saco su magnífico traje de fieltro rojo con ribetes blancos. Luego se incorpora y carraspea:

—EJEM, EJEM.

La mujer, no muy segura, va abriendo lentamente las manos hasta descubrirse la cara. Papá Noel la mira. La mujer le devuelve la mirada e inmediatamente sienten lo que era de temer. El flechazo agujerea el saco de Papá Noel, que deja caer los juguetes por todo el suelo.

—Yo... —titubea Papá Noel.

—Yo… también.

—Pero ¿y ahora?

—¡Ya no hay remedio! ¡No vale la pena seguir luchando! —exclama la viuda.

—Tenemos que intentarlo, pensemos en los niños.

—Es inútil, creo en ti, creo en tu barba blanca, en tu traje rojo, o en el de rayas, en tu trineo tirado por renos y en tu saco, ¡me da igual! Te amo hasta tal punto que estoy dispuesta a seguirte a donde vayas.

—Yo en cambio jamás podría volver a salir de esta habitación.

Los dos suspiran con la tristeza propia de los enamorados a los que el verdadero amor les ha pillado desprevenidos.

—Es inútil —suspira ella—, nos hundimos, nos hundimos en este amor adulto.

Papá Noel, tras unos segundos de reflexión:

—Sólo nos queda una cosa, amor mío. Soñémonos niños, así tal vez consigamos sobrevivir.

La tormenta de nieve ha aumentado hasta tal punto que los trineos y los renos se han convertido en estatuas de hielo. Papá Noel vuelve a escurrirse tras la butaca, la viuda se sienta en su sillón y cierra los ojos. A pesar de todo, el amor va creciendo cada vez más, hasta inflamar la habitación y encender la chimenea de golpe. La nieve cae ordenadita tras la ventana.

LÁGRIMAS

◆

—Mírame —dice él—, mira mis ojos.

Y se señala las lágrimas que inundan sus pestañas, corren por sus mejillas y se deslizan hasta el suelo.

—Es increíble —dice ella—. Me puedo ver en tus ojos, ¡me veo, me veo! Estoy ahí. ¡Es increíble!

—Siempre te he dicho que te llevo muy dentro. ¿Me crees ahora?

—Espera, deja que me mire bien.

Él sigue llorando y ella se inspecciona muy cerca de sus pupilas.

—La verdad es que no estoy segura de que esa sea yo —dice apartándose de pronto.

—¿Cómo que no? ¿Quieres mirar bien?

Ella se acerca con el ceño fruncido, saca la lengua, guiña un ojo y se aplasta la nariz con un dedo.

—¡Es verdad, es verdad! —exclama palmoteando—. ¡Soy yo, soy yo!

—¿Lo ves? —dice él—. Nunca te he engañado.

—Si me vieras..., ¡estoy guapísima!

—¿Sí? —dice él levemente esperanzado.

Sin dejar de llorar se acerca hasta los ojos de ella. Las lágrimas van llenando el suelo del piso y corren por el pasillo.

—Yo también me veo, pero en pequeñito y boca abajo.

Ella saca una barra de carmín y, sin dejar de mirarle a los ojos, se retoca los labios.

—Ahora es perfecto —dice—. Entonces... ¿no hemos roto? —murmura él, esperanzado—. ¿Aún me quieres?

Ella se vuelve a mirar en sus ojos y suspira enamorada.

❖

MIOPÍA

◆

Tumbados en un sofá verde de licra, se besan. Ella suspira, él cierra los ojos y de pronto ella le aparta de un empujón.

—¿Por qué has cerrado los ojos?

—¿Que qué?

—Que por qué cierras los ojos cuando me besas.

—Mujer, lo siento, pero es que a veces veo doble.

—Normal —dice ella—, estamos muy cerca, pero nunca habías cerrado los ojos. Decidimos que nunca los cerraríamos cuando nos besáramos.

—Ya lo sé, pero es que es muy molesto.

—¿Molesto? ¿El qué? ¿Verme doble?

—Bueno…, es que no es exactamente eso.

—¿Qué quieres decir?

—Pues que no es que te vea a ti dos veces, es que veo a otra mujer.

—¿Ves dos mujeres?

—Te veo a ti y... a otra mujer a tu lado. Comprenderás que es bastante incómodo.

Ella se muerde una uña, silenciosa. Se mira las manos y le pregunta:

—¿Y cómo es esa otra mujer?

—Pues muy distinta a ti. Rubia, creo que tiene los ojos marrones y bueno, no sé..., no me he fijado mucho. La verdad es que es muy incómodo que ella esté aquí mirándome.

—Claro, lo entiendo.

Él la vuelve a besar, ella se deja, pero le separa de nuevo.

—Tengo que confesarte algo.

—¿Qué? —pregunta él.

—Yo también veo doble, y el doble tampoco eres tú. Es un hombre alto, moreno y con gafas.

—No se parece en nada a mí —dice el hombre pensativo.

—Exacto, y te diré más. Llevo meses ocultándotelo.

—¡Vaya! ¡Esto empieza a ser un problema! Quizá deberíamos cerrar los ojos los dos —propone él.

—Pero dijimos que siempre los tendríamos bien abiertos, que nunca dejaríamos de mirarnos.

—Es cierto, pero comprenderás que la situación es bastante incómoda. Ahora somos cuatro.

—De acuerdo —dice ella.

Vuelven a besarse, se palpan con las manos las mejillas, la nariz, el óvalo de la cara. Pasan unos segundos y entre beso y beso ella le dice:

—Mmmm... ¿Qué ves?

—Mmmm... Nada, ¿y tú?

—Mmmm… Nada de nada.

—Mmmm… ¿Ni luces, ni colores? No sé, ¿una cara, unos ojos? ¿Algo?

—Nada, todo negro.

—Igual que yo.

—Qué alivio.

—Sí.

—Mmmm...

—Negro.

—Sí, negro, negrísimo.

Siguen besándose.

—Oye —dice ella—, ¿tú crees que seguirán allí?

—No sé, pero por si acaso no abras los ojos.

Me gustas mucho

♦

—Me gustas mucho.

—Y tú a mí.

Ella juguetea con una miga de pan sobre la mesa.

—Sí, lo sé. Sé que te atraigo.

—Sí, y yo a ti.

—Es evidente.

—Sí.

—¡Tienes una boca tan bonita!

—¡Y tú unos ojos tan azules!

Los dos se quedan callados. Él intenta acariciarle la mano y tira una copa de vino, que mancha de rojo el mantel. Ríen azorados.

—¡Está claro que nos gustamos! —dice él secándose la boca con la servilleta.

—Sí, no hay duda.

—Bueeeno…, la única duda es si yo te gusto igual que tú a mí.

La gota de vino resbala y ella abre las piernas justo a tiempo. La gota se estrella contra el suelo y se divide, se multiplica como pequeñas canicas rojas que ruedan por los baldosines.

—La cantidad es importante —reflexiona ella.

—Quizá no nos gustemos lo suficiente —murmura él.

Ella se muerde una uña y frunce el ceño. La mancha de vino se extiende sobre el mantel hacia los bordes, que empiezan a gotear.

—Yo he contado cinco cosas que me gustan de ti —dice ella.

—Yo también he encontrado cinco cosas que me gustan de ti.

—Entonces estamos empatados, ¿no?

—Supongo que sí.

—¿«Supongo»? ¿Qué quieres decir con «supongo»? —ella deja la servilleta sobre la mesa y afila los labios.

—Bueno, hay cosas y cosas. No todas las cosas son igual de importantes.

—Entonces deberíamos hacer algún tipo de puntuación.

—Sí, sería bueno decidir qué cosas puntúan más que otras.

—Creo que eso aclararía quién gusta más a quién.

Hay algo hiriente en su voz.

Silencio.

—Lo que está claro es que nos gustamos, ¿no? —dice él un poco intranquilo.

—Sí —contesta ella—, pero ¿cómo nos gustamos?

—¿Qué quieres decir con «cómo»?

—No sé. Hay maneras y maneras.

—No lo había pensado. Es cierto que la cantidad es importante, pero ¡y la forma!

—¡Dios, la forma! ¡La forma es casi lo único!

Tras una breve pausa.

—Pero... yo te gusto, ¿no?

¿SABES
CUÁNTO TE QUIERO?

◆

—Juan, ¿puedes alcanzarme esa maleta?

—¿Cuál?

—La que está en el altillo del salón.

—Enseguida. ¿Puedo usar esta silla?

—Esa silla no, porque es de las que se pliegan y te puedes caer. ¡Juan, que no uses esa! ¡Juan, caray, te la sujeto!

—Deja, deja, no hace falta. ¿Esta maleta?

—No, la otra, la que tiene la correa gris.

—¿Necesitas algo más?

—No sé…

Juan se queda de pie sobre la silla, esperando. Elena coge la maleta y busca algo dentro. Saca un montón de ropa que queda desperdigada por el suelo.

—¿Te bajo algo más? —repite Juan.

—No sé…

Pasan unos minutos y ella sigue de rodillas sobre la alfombra. Juan mira el cielo desde la silla, como si fuera el capitán de un barco. Ella levanta la cabeza y le lanza un beso. Pero Juan ya no está allí, ahora se pone la mano en forma de visera y mira las nubes y los pájaros cazando mosquitos. La silla está a punto de plegarse y Elena la sujeta con la mano.

—¡Coño! —dice Juan.

—¡Joder! —dice ella —, será mejor que no te muevas.

—Sí —dice él—, será mejor.

Pasan las horas y Juan sigue allí de pie sobre la silla.

—¿Te traigo el cepillo de dientes? —pregunta Elena.

—No, deja, no hace falta, jamás podré besarte de nuevo.

Ella llora en silencio. Él le tira un beso desde lo alto de la silla y ella hace un gesto de agarrarlo y lo aprieta contra el bolsillo de la bata. Los dos ríen. Elena hace un montón con la ropa de la maleta, como si fuera una almohada, y se tumba en el suelo.

—¿De verdad no quieres que te baje nada más? —dice él—. Ya que estoy aquí...

—No, de verdad, Juan, déjalo —dice ella con voz cansada.

—Lo digo porque como estoy aquí…

—Déjalo, Juan, déjalo.

Juan estira los brazos y bosteza. Tensa los músculos de las pantorrillas y los vuelve a aflojar, tensa el cuello, intenta crecer hacia arriba, estira la columna, la silla tiembla. Mira a Elena y su respiración tranquila. Apenas la distingue ya con la luz mortecina del atardecer. Desde allí arriba Elena parece un montoncito de ropa más de la que hay tirada en el suelo. Juan

piensa que quizá mañana ella necesite que le baje algo. Quizá mañana, piensa. Y vuelve a mirar las nubes y el cielo desde lo alto de la silla.

HAMBRE

Un agujero a otro agujero:

—Oye, ¿y tú qué tal?

—Peseché, vengo del médico.

—¡Vaya por Dios! ¿Y qué te ha dicho?

—Me lo he comido.

Silencio.

—Yo ayer me tragué a un premio Nobel.

—¡Eso sí que es un buen mordisco!

—No creas, al principio bien, pero luego como si nada.

Más silencio.

—Dicen que la felicidad llena.

—Seamos felices, pues.

—¿Y qué hay que hacer para ser feliz?

—He oído decir que la gente que ama ríe.

Los agujeros se estiran hasta convertirse en sendas sonrisas tétricas.

—Y si el amor llena…

—¡Amémonos pues!

Poseídos por la desesperación, se arrojan uno sobre el otro. Los dos agujeros, que antes eran de un diámetro de unos treinta centímetros, ahora se han convertido en uno de sesenta. Un tropel de turistas japoneses que pasean por el parque cae dentro del agujero, le siguen un cochecito de niño, un venerable anciano, un guardia jurado y una estrella del rock. Este último, agujereado.

❖

CUANDO
NOS HICIMOS MAYORES

El padre, disfrazado con un grueso traje de Papá Noel, está sentado en la cama junto a su hijo. El pequeño llora desconsolado.

—Hijo mío, de verdad que lo siento, pero esa es la verdad.

—Mentira —exclama el niño airado—. Papá Noel existe, me lo ha dicho mamá y además yo lo he visto.

—Hijo, ya es hora de que te hagas un hombre y dejes de creer en esas fantasías. Papá Noel soy yo, tu padre. Mira, ¿ves? —dice el hombre señalándose el disfraz—. Este soy yo. Papá Noel no existe —le mira compasivo—. De verdad que siento que te hayas enterado de esta manera. Yo sólo quería daros una sorpresa a ti y a tu madre.

—¡Mentira, mentira! ¡Tú no eres Papá Noel! ¡Papá Noel existe! Además… yo lo he visto esta noche, entró en casa y fue al cuarto de mamá.

Un repentino escalofrío recorre la espalda del padre. De pronto, pierde la paciencia.

—¡Bueno, basta ya! ¡Te lo he explicado varias veces! Papá Noel no existe, es una historieta, una fantasía, un *bluf*. ¿Ves? Como este globo —exclama el padre.

Y cogiendo uno de los alfileres que sujetan el gorro rojo sobre su cabeza, hace estallar uno de los globos que adornan el cuarto del niño. El pequeño rompe a llorar con sonoros sorbidos.

—¡Y ahora a dormir, o si no, te quedas sin regalos!

El padre sale del dormitorio de su hijo y se queda en el pasillo un instante. Su equipaje aún está en el recibidor, junto con la gabardina que se puso en los aseos del aeropuerto para ocultar el disfraz. Luego mira hacia el dormitorio de su mujer. Se muerde una uña. Duda. Entra. En la oscuridad del cuarto puede escuchar la suave respiración de su mujer y también otra más fuerte, como un ronquido. Junto a su mujer distingue un bulto mucho más grande. Metro ochenta y más de noventa kilos, calcula. Sin pensárselo dos veces clava el alfiler en el bulto, que desaparece con un pequeño estallido. Su mujer se agita unos segundos y vuelve a dormirse. El hombre, con el corazón ligeramente acelerado, se deja caer en la cama. Aún lleva la barba postiza y el sombrero rojo, las botas y el cinturón. Piensa en su hijo: «Mañana se lo explicaré», se dice y en ese momento descubre que el pequeño está a su lado de pie, junto a la cama, con un brillante alfiler en una mano. Luego siente el pinchazo y desaparece.

❖

EL REGALO

La mujer entra en el dormitorio del hombre. Un enorme agujero redondo del tamaño de la bala de un cañón le atraviesa el pecho y parte del abdomen. La mujer se sienta junto al hombre. El hombre lee un hermosísimo libro que acaba de comprar con la mitad de su sueldo.

—Cariño… —dice la mujer con un hilo de voz.

—¿Mmmm? —contesta el hombre sin levantar la mirada del libro.

El pequeñísimo foco que cuelga de la estantería tan sólo alcanza al hombre y al libro.

—Tengo un agujero —dice la mujer con el mismo hilo de voz, que ahora se ha convertido en una hebra un poco más gruesa.

—Ajá —contesta el hombre.

La mujer intenta taparse el agujero con la bata, que también está agujereada.

—Por el agujero entra frío —dice la mujer temblando.

—...

—Por el agujero se cuelan cosas...

—¿Sí?...

—Por el agujero me encuentro sola...

El hombre por fin se quita las gafas, cierra el libro y mira hacia la mujer de la que sólo puede ver las piernas iluminadas por el escasísimo foco. Al hombre se le ocurren unas pocas palabras de consuelo, que caen en el agujero como un par de dados en un cubilete. Intenta reanudar su lectura, pero algo ha empezado a ponerle nervioso. De pronto recuerda.

—¿Sabes?, yo también tengo un agujero.

La mujer, súbitamente animada, le mira con interés.

—¿Ah, sí? ¿Dónde?

—Allí, en el bolsillo del pantalón. Lo descubrí hoy cuando perdí un regalo que te había comprado con la mitad del sueldo.

La mujer toma el pantalón y mete primero la mano en un bolsillo, luego en el otro y cuando descubre el agujero ahoga un gritito de placer. El hombre, animado por su éxito, continúa diciendo:

—Era una hermosa cajita envuelta en un papel plateado.

La mujer se lleva la mano hasta el agujero de su pecho y saca la hermosa cajita envuelta en papel plateado.

—¿Es esto?

El hombre ahoga una exclamación.

La mujer abre la cajita, de la que surge una magnífica puesta de sol que embellece su pecho con una luz de color plateado.

El hombre, con la mano como visera, apaga el foquito y mira con los ojos ladeados a su mujer, que ahora reluce envuelta en un halo brillante. La mujer advierte cierto disgusto en ese gesto y deja caer una lágrima que apaga la puesta de sol como una vela. Todo se oscurece.

Durante unos segundos la habitación queda en silencio y la mujer aprovecha para escapar por el agujero.

El hombre empieza a pensar, pero lo que piensa se convierte en una sospecha y después en una ola de aire frío.

Para cerciorarse enciende de nuevo el foquito que proyecta una luz redonda, del tamaño, más o menos, de una bala de cañón, sobre el lugar vacío que ha dejado su mujer.

❖

Agujeros

AGUJEROS

◆

Me despierto y veo junto a mí, una cara que no conozco. La habitación es la misma, la nuestra, la de Juan y mía, la de siempre. El cielo y los edificios que veo por mi ventana permanecen idénticos a la mañana anterior. A todas las mañanas desde hace un mes. Pero yo siento una especie de temblor que me sacude el cuerpo. La cara extraña a mi lado abre los ojos y me mira. Parece dispuesta a tocarme. Yo tiemblo con más fuerza aún, si lo hace me romperé. Mi mirada se ata a las paredes, a los agujeros que han quedado después de que Juan se llevara las estanterías. Y así es como recuerdo que antes tenía otra vida, en la que había estanterías en las paredes y otra cara en mi cama que ya había aprendido.

La cara extraña me habla y me acaricia el pelo hasta que los temblores cesan y el corazón va cediendo.

Su cuerpo, el que aún no conozco, se acerca a mí como si llevara un millón de años haciéndolo y de pronto ya no me resulta extraño, aunque eso me intranquiliza aún más. Su cuerpo, el que aún no conozco, me abraza como si siempre hubiera estado pegado al mío y de pronto lo conozco.

Su cuerpo, el que ya conozco, rellena los agujeros de las paredes y borra mi vida, la de antes, la que creía que tan bien conocía.

❖

Índice

Náufragos

¿Sabes cuánto te quiero?

Agujeros

VICTORIA PÉREZ ESCRIVÁ
(Valencia, 1964)

Es licenciada en Pedagogía Musical por el Real Conservatorio de Música de Madrid y ejerce como profesora de música y piano. Estudió análisis y creación literaria con Ángel Zapata en el Taller de Escritura de Madrid. Es guionista de series de televisión (*Los simuladores, SMS*) y es autora e ilustradora de literatura infantil y juvenil galardonada con varios premios:

- *Antes, cuando Venecia no existía*, 2003 (Thule, 2015): Finalista del Premio Nacional de Literatura Infantil y Mención Especial The White Ravens.

- *¡Ay!*, 2004: Primer Premio en el Certamen de Álbum Ilustrado Ciudad de Alicante.

- *Mi madre cabe en un dedal*, 2005, finalista Barco de Vapor.

- *6 colores*, 2006: Mención Especial The White Ravens.

- *Cuando mi hermano se subió al armario*: Primer Premio XXIX Concurso de Narrativa Infantil Vila d'Ibi 2010.

- *Cierra los ojos*, Thule: Premio Les Incorruptibles 2010-2011, Premio IBBY para Niños con Dificultades Especiales 2013.

- *Por qué los gatos no llevan sombrero*, Thule, Premio Dragón Lector 2012

- *Por qué nos preguntamos cosas*, Thule, Premio Kirico 2013.

ANA YAEL
(Córdoba, Argentina, 1984)

Vive en Barcelona desde los 12 años, donde comenzó sus estudios en artes visuales, especializadas en ilustración. Desde 2007 Ana Yael trabaja como ilustradora independiente. Ha presentado su trabajo en numerosas exposiciones y galerías. En 2009 fue galardonada con seis meses de residencia en Suiza por la Asociación Suiza de Artistas Visuales.

Ana Yael trabaja también en diseño gráfico y comisariado de arte. En el ámbito de la ilustración suele crear imágenes a partir de ideas poéticas, el reino de lo absurdo o sueños surrealistas.

Su obra ha aparecido en revistas y diarios nacionales e internacionales, así como en cubiertas para libros de diversas editoriales. En 2010 Ana Yael publicó su primer trabajo personal: *Comenzar con un adiós*. Desde entonces, continúa ilustrando álbumes, cuentos, ensayos y cualquier expresión poética que se le aparezca.